六花書林

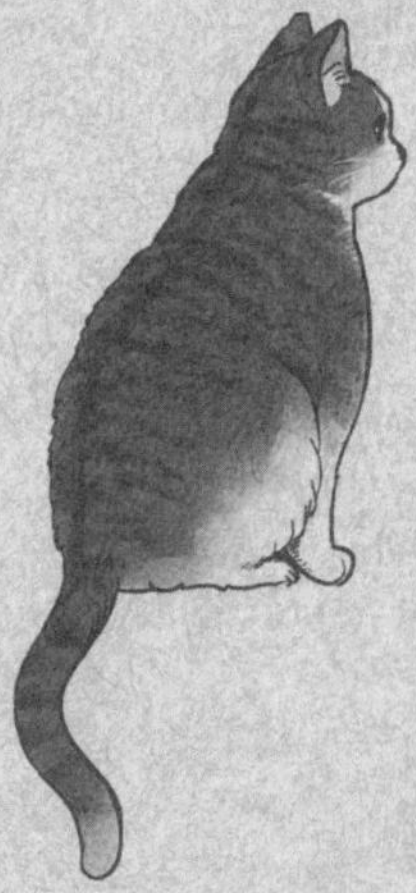

あめつち分の一

島本ちひろ歌集

あめつち分の一 * 目次

Ⅰ章

Ⅲ章

装画　染谷みのる
装幀　真田幸治

あめつち分の一

Ⅰ章

お月さん

お月さん今日はとっても豆電球まどかな心が点り始める

この夜のこのまな板のこの大根唯一無二の二十二の冬

六畳に秒針の音響きおりひとりというが背に張り付く

駅舎ごと包む朝日の健やかさ　卒業展の待ち合わせここ

霧雨は街のカーテン　陽がそよぎ雲間を開《あ》ける大き手ひとつ

車窓には春の灯揺れる誰か来て囁く君の住む街の名を

見上げれば煌、煌、煌と春分の空の底いの首都高光る

親、祖父母、友ら、後輩、君のことすべて知ってる親不知抜く

河口まで10キロだよとささやいて親不知投げる夏の荒川

みどり葉

青春のつむじの分け目真っ直ぐに今日と未来の境目のよう

講義中背中の群れにひとつだけ光って見える君の襟首

みどり児にみどり葉越しのみどりの陽きよらに注ぐ五月の窓辺

ことばより色でおはなしできる君もっときかせてにじいろのこえ

人間の暮らしの明かり川に落ち蟹は黙って河底に居る

筋状にふる蟬時雨　亡き祖父はきゅうりのお馬と並んで歩く

歩廊ゆく我が身にひとつ洞があり歩みを止めて洞の声聴く

昼過ぎのプラットホームの靴先に黒蟻の来る　寄る辺の無きか

呼吸には呼ぶという字の棲んで居り肺の底には呼び声の嵩

夏もよう

夏の明け部屋にも町にも日が射して足の裏から今日が始まる

傘ひらく。君の手首の曲線に見蕩れて止まる私の時計

鈍行で夏の真中をゆくときにセメント工場遠目に揺れる

街の香を君の隣で喫《す》う日暮れ　幸福の環はりんりんと鳴る

カナヘビがちゅるっと鱗光らせて眼の端に残る碧《みどり》のさやぎ

あかつきの鹹《から》い浅瀬を行く足にサンダル履かせる夏の精霊

おさんどん、ケイタイ、シャーペン、レジを打つ働きものです親指さんは

「暮らすってボタン押すことだからね」と親指はちょっと誇らしげなり

眼も肺も手も対ありて対と生き対なき私に形をくれる

青々と音なく燃ゆるガスの火にゆっくりと沸く都会の水は

泣いたこと落涙したと言い換えて瞳は強がる誰にともなく

受話器とるそれが右手の全てだった　そっと開けば十六夜の闇

「この」という言葉で包む寂しさよこの帰路この日々この茶碗

園庭に水撒くゆうべきらきらと眼路に咲《ひら》いたちっちゃな笑顔

指先で頁を捲り読みおればチャイムを押さず八月がきた

一行童話

にんじんときゃべつを籠にいれながら兎になれないわたしを思う

標本になりたくなかった蝶のこと偲びてうるむあじさいの花

汗ばみてフローリングに臥す夕べ夏蜘蛛の唄ほそく聴こえる

月光がベランダに降《ふ》り「憶い出をのせる木馬があります」と言う

かみさまと最後に話したあの朝を思い続ける鹿の剝製

八月の詩集の中に蟹がいて切り取っている「まだあげ初《そ》めし」

森の奥金銀の巣でうっとりとカラスは唱えるJewelのスペル

オオカミは月と静かにみつめ合う忘れ去られる生きものとして

群青の記憶の底の底にあるくじらの声を憶えている耳

いつまでも浜辺の貝はかたりつぐ樹々の棲む海ビカリアの海

あくがれ

読みさしの本から栞抜くたびに濃くなってゆく憂いの密度

その背にひとつの海を背負うためウミガメの子は砂浜はしる

「あこがれ」を「あくがれ」と書くペン先は心の踊る青いペン先

冷えた風　猫の仔　ポスト　僕の耳　電線　星座　早足で冬

一本のペットボトルを軸にして点対称のあなたと私

ビル風に粉雪揺れる綺羅綺羅と砂の時計の底に立つよう

幸福を呼ぶ笛ひとつ胸にさげ雪道をゆく薄明かりの夜

ロケットが菜の花畑を飛び出してスピカを目指す新月の夜

銀色の希いを羽にじっと溜め傾いだままの石の梟

河を越え大風小風走りくる　グリッサンドで舞い上がる春

空き壜に去年の春を詰め込んでツプンと棄てる。青空。荒川。

恋うのね

しあわせの淡い予感にさわさわと千鳥格子がささめいている

月の夜をのぼって行こうのぼろうと都会の地面でエレベーター待つ

キャラメルを二粒口にほうりこみ颯っと降ります上野駅　初夏

走ってもバスに乗っても転んでも五月は未だ終わらないこと

吊革をぎゅううと握り夕暮れに河ふたつ越ゆ君に会うため

左手はきっと生涯知らぬだろう鋏を握るかなしみのこと

「行く」「来る」の言葉で隔つ東京ときみが住む街　海のない街

足先をくすぐりあって駆けだして巨きな夏を君とよこぎる

誰も居ない暗闇が僕は欲しかった　動物園の犀は語りぬ

もう二度と逢えない色が夕空にひろがってゆく　今日よさよなら

清く淡く彼女の肌にひかる白その真珠貝ひとを恋うらし

「懶《ものう》いな」ほとりと落ちた台詞からむせ返るほど百合の香がする

漉くようにひとつひとつを確かめて君の言葉を縦書きにする

鯨の遺骨

極光を瞳に宿すぺんぎんを思い出すのは新月の夜

金いろの眼球輝くエトピリカ消失点の風景を知る

幾百の夜を越え翼折り畳む渡りの鳥のしずかな亡骸

開かねば永久に闇　食物は押し黙りいる冷蔵庫の中

青空の青がこんなに青いから君の隣で日傘をたたむ

深海展　長蛇の列にひっそりと私という点つけ足している

我の眼の時間が止まりただそこに鯨の遺骨息ひそめいる

ひとの子も深海の子も地球の子　ガラスに置いた指先に熱

十月は交叉点です午過ぎの雑踏越しに冬と眼が合う

霊園の一本道に祖父の影　木々さざめいて尾をたたむ猫

網棚に白菊眠り晩秋をゆっくり閉じる各駅停車

透明水彩

途切れてる「好きだと」のあと付け足した「思う」の「う」の字　直線は無い

きのうの夜君からそっとあずかった手のりのライオン小さく吼える

明け方に拡がる水沫《みなわ》いつの日か鳥になるなら渡りの鳥に

星光《ほしかげ》もまたたき了える夜明けまえ散らばっている心を片す

青空を飲みこみ飲みほす。そうこれが、あなたに習ったくじらの飼い方

たてがみ

純白のメレンゲを舐めこごる舌　分量外のかなしさの味

目覚めれば大きな河の底に居てひとの眠りのさびしさを識る

「今日と明日のキリトリ線を引きましょう」月の光が窓に来ている

庭先の小さき蛇は舌を出し巨きな夜を呑み込んでいる

ふるさとに向かう車窓に身を寄せて跨いだ河の数をかぞえる

正の字を書き連ねては昨晩の正しいだけの君思いだす

鋲のごと街にうたれた鉄塔に輪廻の鳥は羽をやすめる

循環のバスの窓より遠ざかる給水塔を君とみていた

彗星のたてがみのなか真明《まさやか》に燃やされるでしょう終わった恋は

砂蟹の心

月曜日メランコリイが加速する　シャツのボタンの行儀のよさに

十八の私を漢字で言うならば、風車・端境・檸檬石鹸

粛々と苺をフォークの背で潰し嘘をつけないあなたを思う

片方を君にあげたらひびわれて褪せてしまった真珠のピアス

両翼をひろげたきりの剝製に重なってゆく橋上の我

仰いでも仰いでも月　砂蟹の心にゆっくり近づいてゆく

うっとりと眠る鋏よいますぐに切りたい糸があるのだけれど

じゃがいもの芽をとりながら思うこと（この恋はいつ終わるのだろう）

川風が私のかたちを確かめて吹き過ぎてゆく新しい街

どうして

冬だねと言い合うためのこたつですぶつかる足も嬉しいんです

登り坂振り返らずに吐く息の白さを何度も確かめている

この街は私を忘れてしまうだろう引っ越しの日を手帳に書きぬ

七の段上手に言える引きかえに風とおしゃべりできなくなった

海原を知らない靴が靴箱に並んでいます白梅さく日

陰干しの傘のそばにてゆっくりと婚姻届けに判を押したり

ラムネ菓子君にあげますしゅわしゅわとほどけてしまえ大人の君よ

春風と呼ばれて風は嬉しくてしだれ桜にさわって笑う

木蓮の真下のポスト　ふるさとに宛てた手紙をことりと落とす

「ねえ次は私が咲くの」帰り道みどりのつつじに呼び止められる

おととしの手帳あければ思い出がぱらぱら零れて困ってしまう

丸椅子につっぷして泣く少女の背　どうしてこんなに十七歳なの

こたつ布団片して季節を見送って君のとなりに私は居ます

星を蒔く

手をつなぎ日暮れの道を歩きます地球は小さな星だそうです

朝昼夜ずっと眠くて青春のおわりの身体を夢へと落とす

ひまわりの色に日暮れたアパートで君の言葉をインコは語る

傘立てで待ってる傘よつつがなく今日という日を終えられました

もう二度と通らない道きれぎれに記憶のなかで明るく光る

寄るべない羽虫のこころ人間の明かりを慕い楕円を描く

丁字路のカーブミラーはひとつきり月の明かりに照らされている

「人間のつむじを愛しているうちに背がのびたのよ」欅はわらう

大地から離れて君は悲しかろう電車の床をさまよえる蟻

ふくろうが語り始める星蒔きの女神がつくった琴座のはなし

黄桃と熱

黄桃と熱の間で君の眼がさびしく光る風のない夜
私には何も無いので浅葱を一生懸命刻むだけです

未受精卵いまどの辺りなのかしらバスの座席で考えている

透明になってみたくて水槽にひとさし指で緩く弧を描く

これからの夏には君の影があるただそれだけで多分充分

クレーンが横切ったあと夏空は一等深い青になりゆく

マンションの5階で蟬は仰向けに夏の終わりの空を凝視める

休憩中ゴシック体も眠ります受付嬢のネームプレート

檻越しに陽ざしを浴びて見つめ合う虎のかあさん人のかあさん

凭れ合う君と私の本と本言えないことは幾らでもある

溶けかけのバニラアイスを掬い合いグーグルアースを見ている2人

「枯れることできないあなたが心配よ」薔薇はささやく造花の薔薇に

梅の樹のないしょのお喋り「姉さんは海に住んでる珊瑚の樹なの」

ビー玉の裡《うち》の渦巻きとことわに抽斗の底で光るのでしょう

あの原で幼い君の指先を切ったすすきが私の前世

でも遠い

散った日からもう半年も経ったのね　桜はひとり秋風の中

地続きで空続きです（でも遠い）あの頃わたしが住んでいた街

夜蜘蛛をベランダに逃がす君の背の優しいまるみがすこし悲しい

次の角右に曲がると決めていた君がちいさく呼び止めるまで

屑かごにそっと尋ねる「この気持ち不燃でしょうか可燃でしょうか」

さざなみのひとつひとつに過去があり観音崎の風　縹《はなだ》色

心臓は灯る黄水晶《シトリン》新月の夜ならすこし触れ得るでしょう

海中《わだなか》の冬を知らずにわたしたち街の明かりに照らされ歩く

もういいの今までどうもありがとう流星群に夢を返しぬ

悲しくてもひび割れしないこの冬の私の指は強い指です

いつからか指輪もピアスも止しました小さいものは失くしやすくて

しぶんぎ座流星群の降る夜に目薬をまた失くしてしまう

いっぺんに兄さん姉さん弟ができた私のあたたかい冬

プルタブはタイムマシンのボタンだねあなたと出会った夕べに降り立つ

遠き望み

どこまでも眠れる体すこし前恋をしていたこともあります

消火栓ランプのなかで永遠に出口をさがす赤い光よ

思い出の出口はどこにあるのでしょう製氷皿に細き水注ぐ

始めから終わりまで君と歩く春　靴ずれに少しも気づかなかった

淀みなくコンタクトレンズ外したり映し疲れの鏡の前で

どうしても遠くを望む人間の望遠鏡はかなしい名前

海なしの街から来た子が背伸びして海を見ている朝の江ノ電

貝殻を拾わずに眼も合わさずに夕焼けのなか由比ガ浜　冬

早足で駅舎に向かう全員に胎児であった過去があること

「君だって地球墁の中でしょう?」墁の内からベタは囁く

この街はとても優しいひだまりに野良猫二匹やすませている

こんなにも咲いてしまって桜森からだの置き場が分からなくなる

ヘヴンで

折り紙の手裏剣ふたつ落ちていて日が暮れてゆく河の無い街

遠くへと行けない体遠くなど要らない心をやさしく仕舞う

陽をよけて車の下で寄り添いぬ名無しの猫は名有りの猫と

しまうまが困った顔で訊いている「僕は黒なの白なのどっち?」

こうやって人は祈るの　ガラス越し組んだ両掌をイルカに見せる

「太陽はきっと寂しい、僕だってすこし寂しい」蛍は呟く

四十年未来の話を君とするその時乗りたい車の色とか

比類なくあなたであった六月の陸橋をゆく遥かな背中

ヘヴンでも絵は描けますか夕暮れはきれいでしょうか君は来ますか

Ⅱ章

受胎歌篇

聖霊も天使もいない六畳間受胎告知の夏の明け方

ＪＲ御茶ノ水駅４番線受精卵抱き中央線待つ

卵のなかぐるぐる廻るめだかの子　生とは少しく檻のよう也

ひとつずつ学習してゆく悪阻《おそ》である梅おにぎりは吐くとき痛い

吐瀉と吐瀉の合間に思う　今あさが来ている国はどこなのだろう

生れるとは幸福なのか　テーブルにひらかれたまま地図帳のあり

蛍にもあらいぐまにも桜にもならずに私の子になった君

まだ風も空も大地も知らぬ君小指と同じ大きさの君

捨て猫を抱え帰りし十四の秋　胎児と帰る二十四の秋

感熱紙ゆえいつの日か消えるらしエコー写真に写る君の手

これが今この子の重さ５００mlペットボトルを夫に手渡す

風だけが私に触れてくれるのと有刺鉄線かすかに揺れる

つばの広い帽子をかぶる夢をみた　予定日まであと１０３日の夜

幾千も世界を愛する方法があると聴かせるサッチモの唄

もうそろそろ目蓋が完成するらしい胎内にひそむ二つの目蓋

似かよった男二人にパンを焼く目蓋の老いた私を想う

大腿骨、心臓、頭蓋、画数の多いところをエコーは映す

手袋を買ったきつねの物語生まれてきたら聞かせてあげる

昨年の今日この街に越してきた　別れた街もいま春でしょう

アイスなら食べられますか身を縮め子宮に場所をゆずっている胃よ

未だ動きだささない肺を抱きしめて風を知らない胎児は睡る

一列に水通しした短肌着いつから人は母になるのか

千年も生きたみたいな貌をして私の隣で眠る縞猫

掠れたる「止まれ」の標示のその上を二匹の蝶がもつれあい飛ぶ

四月二十三日土曜午後六時二十八分　最初の光

幼い駱駝

白さゆえ誰も悲しみに気づかない　白孔雀は尾をゆっくり開く

いつまでも白いまんまの羽を閉じ水を啄ばむ白孔雀の雄

生れた地で生れた姿で生きてゆく砂漠の国の幼い駱駝

おかーさんおかーさんって呼んでいる燕の子ども五月の子ども

雨マークはいつもかならず青い傘テレビで故郷の天気を知りぬ

紫陽花がそっと笑って言いました　明日枯れても太陽が好き

マトリョシカの最奥に居るマトリョシカの心を想う子を抱きながら

この小さき肺にも孤独が潜みおり赤子は顔を赤くして泣く

お陽さまをオレンジ色のマーカーでぐるぐる描けば夏がきました

尾みじか

紫陽花から藍色こぼれこの街に七月がくる駆け足でくる

「ただいま」を君と私に告げるひと宇宙に一人君の父親

母さんを失くしてしまった蟬たちが一斉に鳴く夏のはじまり

仙人掌のようなかたちで眠る子に布団としてのタオルをかける

曇天の彼方へ向かうモノレール人に生まれた私を乗せて

もう何年船に乗らずにいるだろう小波潮騒わすれた素足

太宰治全集と眼が合っている梅雨明けの報を聞きしゆうべに

おむつにも漢字があると知ってから何度も書きぬ襁褓襁褓と

どの蟬も死ぬとき足を折り畳む　久方ぶりに雨の降る町

雨宿りできただろうか尾みじかの猫の行方を思う中秋

乳児用、猫用、通常、爪切りが三種ならんで賑わう小箱

俺の星座

涙痕をぬぐう術すら知らぬまま生れてきたのか　君は乳呑み子

魂の重さはたぶん同じだろう蓑虫、椋鳥、私と鯨

段ボール二十三箱ぶんなんて随分小さな暮らしだったね

「咲いたこと内緒にしてて」公園の隅でほほえむ山茶花一朶《いちだ》

りんご園は今が別れの季だろう　実りの秋と書かれたちらし

離れてもりんごはりんごの樹を思う空の向こうのふるさとの樹を

義兄から「俺の星座」とメール来る獅子座流星群の降る夕

千年を生きし銀杏は懐古せり若木であった頃の己を

昇太の話

ある町の駅前通りを抜けた先そこに昇太の家族は住みぬ

この春に中学三年生になる昇太はほんとは河童であった

河童だと誰にもばれたことは無く昇太はシャツの裾を出さない

「昇太くん?目立たへんけどええ子やで。お昼はいっつもマミー飲んでる」

人間と河童に大きな差異は無く泳ぎが少し上手なくらい

自転車をツつツつ押して彩《あや》ちゃんと下校するのは部活の無い日

黒板に消されず残っているままの直列回路と並列回路

彩ちゃんといつだか埋めたぐみの実の消息などは忘れてしまう

「高校はプールのあらへんとこがええ」父は「さよか」と言うだけだった

何故だろうふっと言ってみたくなり、呟くように「彩ちゃん、あのな」

「昇ちゃんが河童やったら、うーん…せや。うちは天狗や」彩ちゃん笑う

犀の祖先

人参を千切りしている私の中に芽生える家出衝動

笹舟の作りかたさえ知らないで私は母になってしまった

子をひとり連れた私と子を二匹連れた猫とがすれ違う春

香り付きペンが欲しくて貯金箱そっと開いた少女の我は

たてがみはさしたるものじゃないのだと仔ライオンへと教えいる王

厚揚げと小松菜煮つつ春風が吹いている筈の窓の外見る

制服の採寸日らし教室に人鳥《ぺんぎん》のように新入生居り

マンボウを画像検索しておりぬやっと寝入った赤子の横で

羊羹を未だに食べたことのない世間知らずの舌であります

永遠という語を発明した人の体の奥にあったさびしさ

昼時の行平鍋に放り込むうどんと同じ太さの怒り

半月《はんげつ》を拾って鼻につけたのが犀の祖先と君は言いたり

この鍵を待つ扉ありふるさとの細道に入り五軒目の家

向こうから伸びてきた手に触れていた　砂山に君とトンネル掘って

真さびしき眼窩に蓋《ふた》し子も我も重なり合いて午睡に落ちる

使用済テレホンカードがお守りのようで捨てられないという母

〈君が嫌いなもののリスト〉ラズベリー・梅干・ちくわ・トマト・幽霊

早茹でのマカロニ茹でる3分の間に蒸気となった水あり

蝶々蝶々

悲しみも怒りも褪せてピーマンのわたと一緒に何かを棄てる

無塩バター200グラムを買いました今日の君にはケーキを焼こう

蟬の声遠のいてゆきゆっくりと君も私も球体となる

蝶々は母さんに会ったことがない　蝶々蝶々こっちへおいで

開きては閉じて開きては閉じて絵本の中の象は小さい

曇天の向こうは晴れということを一歳の人に教えてしまう

黒柴のしっぽを見つつ駅までの十分間ほど乳母車おす

大きめの犬を指差し「でょん」と言い息子は我に犬を教える

一行草紙

切り株は幻肢の幹に枝に葉に風を受けおり静けさの中

林から出てきた狐この先は暗いからもう帰れと言いぬ

月の夜　巨人は陸に腰かけて大陸棚に足を浸せり

火の玉がかつては此処にありました拳を開けて君に見せいる

みいみいとなく猫の居て寒椿その尾の近く一輪落とす

あたためる手を失いて冷えてゆく駅の歩廊に落ちた手袋

赤べこは爺様《じさま》の指をまっている博物館のガラスの内で

「陽がながくなってきたわね」梅の樹に呼び止められる「ええそうですね」

Ⅲ章

黒犬の事

十代の記憶のなかに燃やしたき記憶あり遠き父と黒犬

父親が黒犬連れて帰りしは十二歳の夏の土曜日

父親と話さなくなりそのうちにむくむくとして育つ黒犬

黒犬は三歳になり私は父の望んだ高校に入る

両翼《もろはね》と呼んでみたっていいだろう腕を広げて暁《あけ》の町ゆく

激昂した父が母を怒鳴りつけた。母の代わりに謝罪しなければならなかった。

絨毯に額《ぬか》をつけ父にすみません、ごめんなさいと何度も言った

孤独なる父は孤独な黒犬と散歩に行きぬさくら咲く道

犬族の掟に倣い黒犬は爪を隠さず歩み行くなり

まいまいを三つ並べて描き終えて泣きやすき我が眼球二つ

灰皿を丁重に洗うことだけが父と私の絆となりぬ

東京の大学に合格をして家を出る日があっさりと来る

一息に氷を放ち空っぽになった製氷皿を見ており

砂埃あがらない道あがる道ともに濡らして夕立が過ぐ

蓋をしたかなしみのあり日に二度の四時は途方に暮れやすくなる

待ち合わせ場所へと走る夢を見た青い蝶《ディディウスモルフォ》飛び交う中を

私こそ棘《いばら》であったかもしれず私の居ない家の円かさ

家を出て六年が経ち六年は栗鼠の寿命と同じと知りぬ

黒犬が病でじきに死ぬことを電話で言えり母は泣きつつ

黒犬の死をオリオンは知らぬまま北半球に光を落とす

骨壺はガラス戸棚にしまわれて黒犬はもうどこにもいない

追思せよ　十一歳の夏休み父とキャッチボールした日の空を

すいよう

境内の籠で錦華鳥飼う寺に週に二度ほど子どもと参る

柿の実をぽとりぽとりと手放して柿の木はまた独りになりぬ

母親になれない君と父親になれない私ならんで眠る

寄るべなく球体である頭蓋骨　君も私もひとつずつ持つ

色ならば緑がいいなふるさとの奈良の真夏の山の真緑

葡萄パン袋より出し幸福は少し遅れてくると呟く

ひらがなの「す」がすきなので水曜はすいようとかく大人の今も

積載は750キロまでのこのエレベーターに象は乗れない

開ボタン押し続けたりあとひとり誰かが乗ってくる気配して

迷い猫のりんちゃん探す張り紙の手書きの文字の掠れる師走

雪山も海も知らずに一匹の蜂は死にたり砂利道の上で

猫攫い也

五つ子の内の二匹を籠へ入れ我も夫も猫攫い也

名を与える喜びのその残酷さ「兄は柚子丸、妹は初《うい》」

南東へ車で十分ほど行けば君らの父猫母猫が居る

「どうぶつ」と題された絵本子とひろげデフォルメされた扉を見ている

当然のように黙ってついてくる影よわたしの影でごめんね

左目に脂つき易き雌猫を夫より子より依怙贔屓する

「嬉しいわ誰も私を見ないもの」冬の桜がそっとつぶやく

ぺりかん舎あおく塗られた金網は風雨を通しやすき金網

尻尾無しの妹の背を舐めてやる　猫でも兄貴はたいへんなのだ

狭き狭き猫の額のその中に地球丸ごとひとつ入りたり

たんぽぽが桜を指して言いました花吹雪ならあちらですよと

檸檬少女

坂道を立ち漕ぎでゆく女の子たしかに檸檬を籠に入れてた

境内につつじの香り満ちている蟻にも恋はあるのでしょうね

修辞とか置いておいでよただ好きとひとこと言えば伝わるんだよ

砂浜で三つ編みの子が泣いている「金平糖はどこへ行ったの」

はじめての炭酸水はおばあちゃんの家で飲んだわ5歳だったわ

琥珀糖わたしと食べてねえお願い嫌いになるのはそれからにして

屋上でリコーダー吹くあの子からいちごみるくを貰ったんです

昼休み　遮光カーテン閉めたあと内緒の話を大声でする

少女耳少女尻尾をピンと立てサーティワンに並ぶ乙女ら

年賀状の当たりと切手を交換しその帰り道あなたに出会う

初列風切

枯野原　子の手をひいて歩むとき我の影には小鬼棲みおり

舌は良い耳も構わぬ手も足も　しかし瞳は子にやれぬかも

割りばしを上手に割れず凸凹の顕著な棒でうどんを啜る

両腕をどんなに検分してみても見当たらぬのだ初列風切

「子のために死ねない母など要らないわ」真っ直ぐに立つ白き水仙

電柱も凡そ真っ直ぐ立っている種々の悲哀を芯に宿して

患者らのスリッパの先を見守りぬ整形外科の振り子時計は

バス停のベンチにのぼるかたつむりお前もどこか遠くへ行くの

今死ねば息子は母を忘れると知りつつ今日も「かか」と呼ばれる

乗船の日

簪は一つだけなら持っていて船に乗る日に買ったものです

狼に悲しみ方を教わって布団に伏して吠えている夏

夏休み、夏休みです水槽のテトラフィッシュの尾も光ります

実家にも義理実家にも玄関に砂時計あり赤き砂なり

生きている人に揉まれて死んでいる人を思う夜　新宿駅西口

化石にはなりたくないが電池切れ時計になりたいそう思う朝

「胸」という字の中の×を書くときに力を込めてしまう日もある

（一層の幸を願っているけれど）去勢前夜の雄猫を抱く

鬼の灯火

凩は父親の無い若者で飛行機雲と友人である

王様は地球に何人居るだろう手札の端に◆のキング

柿の実の墜落事故に巻き込まれ蟻がいっぴき怪我をしたそう

猫だった頃に出会いたかったなあ息子の髪を洗う霜月

泣きじゃくる夕焼け小僧を抱き上げてからすといっしょにかえろうと言う

百合ばかり狡いじゃないの真っ白で大きく咲いて愛されていて

鬼灯は漢字で書くと良いですよそれだけでほら物語です

嵐だった

ことさらに陽のあたたかい春の朝シュシュ・ルタンガの訃報が入る

「いまわたしオレンジジジュースが飲みたいの」炭酸水に向かって言った

噓をつく機会がなくてかわいそう従順に笑むテディベアたち

縄電車　我を追い抜き夕焼けの角を曲がって影ごと消えて

流星群前夜ですからスリッパをきちんと並べてそれから寝ます

制服の少年少女教室で必修科目「孤独」を習う

間違っていたのだろうか薄闇を振り返っても泉などない

「東からあなたは来たの?」「ええそうよ」「嵐だったの?」「嵐だったわ」

あとがき

いずれ失われるであろう私をここに焼き付けておきたい、短歌を作り始めた頃に強くそう願っていたことを覚えています。あれから数年が経ち、そういう類いの願いは薄まってきました。今は、いつか私の元へやってくるであろう大きな悲しみ、それに備えるために歌を詠んでいるように思います。

＊

私はもう子どもではなくなってしまいました。ですので、「永遠」というものが単語として存在していても、現実には存在し得ないことをよく分かっています。けれど、言葉を辿るとき、紡ぐとき、永遠のしっぽを見るような気がします。言葉に寄り添い続けることで、いつか尾だけではない、永遠の姿を見ることができればいいなと願っています。

＊

歌集出版にあたり、多くの方に御礼を申し上げます。ご多忙の中、選歌をしてくださいました高野公彦様。帯文までいただくことができ、身に余る喜びです。いつも支えてくださる「コスモス」の皆様。沢山のわがままを温かく受け止めてくださった六花書林の宇田川寛之様。素晴らしい装画を描いてくれた染谷みのる様、小学生の頃からずっと友人でいてくれてありがとう。あなたに表紙を描いてもらって本を出版するという夢があったから、短歌を続けてこられました。

そして何よりも、この本を手に取ってくださったあなたに。広い広いあめつちの中であなたと出会えたことに感謝します。

島本ちひろ

六月のおわりに

著者略歴

島本ちひろ（しまもと ちひろ）

1990年生まれ。奈良県奈良市出身。東京藝術大学美術学部芸術学科卒業。2013年、祖母にすすめられて「コスモス」に出詠を開始。2014年O先生賞受賞。2016年より結社内同人誌「COCOON」に参加。

装画者略歴

染谷みのる（そめや みのる）

奈良県出身のイラストレーター、漫画家。装画作品に『夢であいましょう』（赤川次郎・著／朝日文庫）、『妖精のパン屋さん』シリーズ（斉藤栄美・著／金の星社）、など多数。主な漫画作品は『サンタクロースの候補生』（芳文社）、『君はゴースト』（祥伝社）。

ホームページ http://asapi.client.jp/

あめつち分の一

コスモス叢書第1158篇

2019年9月20日 初版発行

著 者――島本ちひろ

発行者――宇田川寛之

発行所――六花書林
〒170-0005
東京都豊島区南大塚 3-24-10-1A
電 話 03-5949-6307
FAX 03-6912-7595

発売―――開発社
〒170-0023
東京都中央区日本橋本町 1-4-9 ミヤギ日本橋ビル8階
電 話 03-5205-0211
FAX 03-5205-2516

印刷―――相良整版印刷

製本―――武蔵製本

ISBN978-4-907891-88-6 C0092